AF356512

22 Juin 1909

marque P.

VENTE

Du Mardi 22 Juin 1909

HOTEL DROUOT --- SALLE N° 1

A DEUX HEURES

EXPOSITION PUBLIQUE

Le Lundi 21 Juin 1909

de 2 heures à 6 heures

BEAUX MEUBLES D'ART

DE

Dasson, Sormani, Degas

MARBRES, BRONZES

TABLEAUX MODERNES

EXEMPLAIRE DE H. STEFFINER

Mᵉ F. LAIR DUBREUIL

COMMISSAIRE-PRISEUR

M. Arthur BLOCHE

Expert près la Cour d'Appel

IMPRIMERIE MAULDE ET RENOU
____

MAULDE, DOUMENC ET Cⁱᵉ
IMPRIMEURS DE LA COMPAGNIE DES COMMISSAIRES-PRISEURS
Rue de Rivoli, 144

CATALOGUE

DE

BEAUX MEUBLES D'ART

Styles Renaissance et Louis XVI

De DASSON, SORMANI et DEGAS

SALONS en TAPISSERIE d'AUBUSSON

Inspirés de HUET et d'HUBERT-ROBERT

BUREAUX RÉGENCE, TABLE DE SALON ET VITRINES LOUIS XVI

Garnis de Bronzes

CABINETS ORNÉS D'ÉMAUX

Importante Garniture de Cheminée en Marbre et Bronze

De CARRIER et CLODION, de la Maison DENIÈRE

Torchères de THIÉBAUT. *Groupes de* JAQUET, BULIO

PORCELAINES, FAIENCES, ÉMAUX

TABLEAUX MODERNES

DE

Chaigneau, Chavet, Diaz, Lenfant de Metz, etc.

GRANDE AQUARELLE de SCHREYER

TAPISSERIES — TAPIS D'AUBUSSON

DONT LA VENTE AURA LIEU

HOTEL DROUOT — SALLE N° 1

Le Mardi 22 Juin 1909, à 2 heures

Mᵉ F. LAIR DUBREUIL	M. Arthur BLOCHE
COMMISSAIRE-PRISEUR	EXPERT PRÈS LA COUR D'APPEL
6. Rue Favart	Rue de Chateaudun. 52

Chez lesquels se trouve le présent Catalogue

EXPOSITION PUBLIQUE

Le Lundi 21 Juin 1909, de 2 heures à 6 heures

PARIS — 1909

CONDITIONS DE LA VENTE

Elle sera faite **au comptant.**

Les Acquéreurs paieront **dix pour cent** en sus des enchères.

L'Exposition mettant les Acquéreurs à même de vérifier l'état des objets vendus, il ne sera admis aucune réclamation une fois l'**adjudication prononcée.**

Maulde, Doumenc et Cie, imprimeurs de la Cie des Commissaires-Priseurs, rue de Rivoli, 144   1000—56070

Désignation

—

TABLEAUX

—

CHAIGNEAU (Ferdinand)

1 — La Rentrée du Troupeau.
    Effet de soleil couchant.

CHAVET

2 — La Lecture.

DÉVY (E.)

3 — Paysage au bord d'une rivière, animé de figures et d'animaux.

DIAZ

4 — Femmes orientales couchées à l'ombre de grands arbres.
    Vente après décès du Maître, n° 50.

DIAZ

5 — Paysage.
    Vente après décès du Maître.

GÉRINO DA PISTOJA

6 — La Sainte Famille.

GOUMOIS (H. DE)

7 — Pleine Mer.

Toile : Haut 0^m93 ; Larg. 1^m45.

GROBON

8 — Coupe de Fruits posée sur une console.

Toile : Haut. 0^m95 ; Larg. 0^m71.

GROBON

9 — Fruits et Gibiers morts.

Toile : Haut. 0^m69 ; Larg. 1^m30.

HANIZA

10 — Jeune Femme lisant dans un cabinet de travail.

HANNEQUAND

11 — Fleurs et Fruits.

Peinture sur porcelaine.

JAPY

12 — Brumes matinales.

JAPY

13 — Paravent à quatre feuilles composées de douze
tableaux : Paysages, Vues prises de différentes parties
de la France.

KORBET

14 — Paysage boisé arrosé par un cours d'eau.

LENFANT DE METZ

15 — En Maraude.

Scène d'enfants.

LENFANT DE METZ

16 — La Sortie de l'École.

LESCURE (Fanty)

17 — Vase de Fleurs.

SCHREYER

18 — Cavaliers Arabes.

Grande et belle aquarelle.

VALÉRO

19 — Convoi de Bachi-Bozoucks blessés traversant un
marécage.

Toile : Haut. 0^m75 ; Larg. 1^mo3.

WEISMANN (A.) (D'après PÉREIRE)

20 — Bord de Rivière.

ZUVENGAUER

21 — Bord de Rivière.

ÉCOLE ANCIENNE

22 — Tête de Christ.

Peinture sur bois.

ÉCOLE DU XVIIIᵉ SIÈCLE

23 — Portrait de grande dame en costume de cour, coiffée d'un toquet bleu à plumes blanches.

Cadre ovale en bois sculpté et doré avec fronton.

ÉCOLE FLAMANDE

24 — Hercule, Vulcain et Enfants au milieu de nombreux groupes de légumes et fruits.

Grand panneau décoratif.

ÉCOLE FLAMANDE

25 — Portrait d'Homme assis à son bureau, vêtu de rouge.

ÉCOLE FRANÇAISE

26 — Joie Maternelle.

27 — Minerve et la Vérité.

> Deux pastels se faisant pendants.

ÉCOLE FRANÇAISE

28 — Portrait présumé de Mme de La Valette.

> En robe blanche garnie de fourrure, les mains dans un manchon.
> Pastel.

ÉCOLE MODERNE

29 — Bord de Rivière.

ÉCOLE MODERNE

30 — Bord d'Étang.

31 — Cadre doré.

BRONZES, MARBRES

32 — Deux grands Lampadaires en bronze patiné et doré à figures de bacchantes sur colonnes en bois garnies de guirlandes et de chutes de lauriers.

33 — Importante Garniture de Cheminée en bronze doré et marbre blanc : Pendule surmontée d'un buste de bacchante de A. CARRIER, signé, et deux candélabres à statuettes d'enfants bacchants portant des torches, d'après CLODION, avec bouquets à six lumières électriques. Travail de la Maison DENIÈRE.

34 — Paire de Chenets en bronze doré, sur socles en marbre blanc : cariatides d'amours forgeant des traits. style Louis XVI, de DURIÈRE.

35 — Deux Torchères formées de statues d'amours en marbre blanc, montures en bronze doré à branches de roseaux, à sept lumières électriques. Travail de THIÉBAUT.

36 — Groupe en bronze : Adam et Ève, de J.-J. JAQUET.

37 — Grand Groupe en bronze représentant une jeune femme défendant son enfant à l'approche d'un lion. Signé BULIO.

38 — Grand Groupe en bronze : Cheval de Marly.

39 — Statuette d'homme portant un sac en bronze.

40 — Deux groupes de Trois Figures en bronze, la danse russe, sur socles en malachite.

41 — Buste en bronze : la *Petite Frisette*, d'après
HOUDON.

42 — Deux grandes Lampes formées de vases en émail
cloisonné de la Chine, panses fond rouge, cols fond
bleu turquoise, décor en polychrome, montures
bronze fumé et frotté.

43 — Aiguière en bronze décorée de scènes d'enfants en
bas-relief avec anse et figures de satyre et d'enfant.

44 — Buste en bronze : femme grecque ; socle en
marbre.

45 — Deux Hauts-Reliefs en bronze : scène de l'antiquité, cadres bois noir.

46 — Pendule en bronze doré représentant un taureau
portant le mouvement, couronné par un enfant
tenant une guirlande de fleurs, terrassement à
rocailles, style Louis XV. Cadran signé LAMY, au
Louvre.

47 — Coupe en bronze argenté, décor en relief d'après
l'antique.

48 — Brûle-parfums en bronze argenté et poli formé
par un groupe : les Trois Grâces de Germain PILON.

49 — Petit Porte-Bouquet en albâtre orientale, monture
bronze émaillé.

50 — Paire de Chenets en cuivre poli Louis XIII.

51 — Deux Bustes en bronze, par CARRIER : Virgile et
Le Dante, socles en marbre.

52 — Paire de grandes Lampes en bronze doré sur socles en marbre.

53 — Vase couvert en bronze doré, anses à feuillages.

54 — Garniture de cheminée composée d'une pendule et deux candélabres en onyx et bronze doré.

55 — Lustre en bronze doré de style Louis XV, de la Maison VIAN.

56 — Lustre en cuivre poli de style Flamand.

57 — Coupe en onyx montée en bronze.

58 — Buste en marbre blanc : Juive grecque, travail ancien.

59 — Buste de personnage de l'antiquité, marbre blanc, travail ancien.

60 — Statuette de Jeune fille en marbre blanc, par PIGNOL.

Sans aucun droit de reproduction.

61 — Paire de Colonnes en marbre de couleur.

PORCELAINES, FAIENCES
montées et non montées

62 — Pendule formée par une potiche en faïence d'Urbino, décor à rosaces, fleurs et palmes sur fond bleu, monture en bronze doré. Style Louis XV avec anses à dragons et couronnement à figure d'enfant : cadran signé L. MAGE, à Paris.

63 — Groupe de Saxe de quatre figures : allégorie de l'Hiver.

64-66 — Cinq groupes en porcelaine de Saxe et d'Höchet, sujets divers.

67-70 — Sept figurines de Saxe et autres : personnages du Directoire, militaires et musiciens.

71 — Petit service en porcelaine genre de Sèvres, décor à fleurs et bandes bleues.

72 — Aiguière en faïence italienne, décor Amour et Ornements.

73 — Grande aiguière en faïence italienne, genre Urbino à reflets métalliques, décor à paysages.

74 — Deux petits Bouts de table à deux lumières formés par des figurines en porcelaine de Chine, sur des terrassements en bronze doré.

75 — Paire de grands Candélabres à huit lumières, formés par des vases en porcelaine de Chine, décor à personnages en polychrome et lézards en relief, montures en bronze doré.

76 — Coupe en porcelaine, fond bleu genre de Sèvres, décor à rehauts d'or à l'extérieur et fleurs en polychrome à l'intérieur sur fond blanc, monture en bronze à guirlande de roses.

77 — Grand vase en porcelaine de Sèvres, fond gros bleu et or à médaillons champêtres et paysages, Monture en bronze doré de style Louis XVI.

OBJETS DIVERS

78 — Grand émail de Limoges, forme octogonale représentant les Femmes de Darius implorant la clémence d'Alexandre ; dans un cadre en velours vert orné d'application de cuivre ; style Louis XIII.

79 — Cinq têtes de Chérubins en bois sculpté, peint et doré. Louis XIII.

80 — Miniature sur ivoire : Le Nid, d'après BOUCHER.

81 — Miniature sur ivoire : Portrait de la Duchesse de Devonshire.

MEUBLES

82 — Grande et belle table de milieu, forme rectangulaire, à coins arrondis en bois d'acajou satiné richement orné de bronzes ciselés et dorés, offrant sur chaque face principale des bas-reliefs, scènes d'enfants, allégories aux sciences ; autour du bandeau dans des encadrements à rais de cœur, des gerbes d'acanthe entrecoupées de faux godrons ; piètement à croisillon ; dessus en marbre vert et grenat, encerclé dans une moulure de bronze doré ; style Louis XVI. Travail de DASSON.

83-84 — Deux Vitrines à hauteur d'appui ouvrant à trois portes, côtés en demi-lune en bois d'acajou satiné, richement ornées de bronzes ciselés et dorés, dessus en marbre rouge veiné vert, entouré d'une galerie de bronze. Style Louis XVI. Travail de DASSON.

85 — Beau Mobilier de salon composé d'un grand canapé, une marquise, six fauteuils et quatre chaises en bois sculpté et doré, dessins perlés et godrons, montants à colonnettes cannelées, bandeaux rais de cœur, couvert en fine tapisserie d'Aubusson représentant des paysages avec vues de monuments et petits personnages inspirés d'Hubert Robert. Style Louis XVI. Travail de la maison Degas.

86 — Grand et Beau Bureau en bois de violette et bois de rose, richement garni de bronzes ciselés et dorés, ornés aux extrémités de mascarons de Bachant, avec montants à cariatides de femmes ailées, inspiré de Leprince, sabots à griffes de lion et acanthes, tiroirs et bandeaux avec appliques et poignées à écussons et feuillages. Le dessus encerclé d'une forte moulure à canaux avec coquilles aux angles, style Régence.

87 — Cabinet en bois noir d'aspect architectural offrant sur les tiroirs des émaux peints de Limoges représentant des portraits de Rois et Reines de France avec encadrements d'ornements en relief posant sur console à pieds tors. Style XVIᵉ siècle. Travail de Sormani.

88 — Petit Cabinet crédence en bois d'ébène sculpté, d'aspect architectural ouvrant à deux portes ornées d'émaux peints à figures de guerriers et guerrières. Style Renaissance. Travail de Sormani.

89 — Bureau à cylindre en bois d'acajou clair et marqueterie. Époque Louis XVI.

90 — Deux petites Consoles en bois sculpté et doré avec bandeaux ajourés et médaillons à bustes de personnages ; dessus en marbre. Époque Louis XVI.

91 — Petite Commode à deux tiroirs, en bois rose,
palissandre et marqueterie, garnie de bronzes, dessus
en marbre rose veiné. Louis XVI.

92 — Grand Bureau vénitien en bois noir incrusté
d'ivoire gravé, décor à personnages et ornements, de
style XVIe siècle.

93 — Meuble d'appui, ouvrant à une porte, forme archi-
tecturale en marqueterie de bois, décor à fleurs.

94 — Petit Paravent triptyque en bois de noyer sculpté
garni de brocatelle fond vert avec médaillons à
scènes Louis XIV, à petits personnages en broderie.

95 — Beau Meuble de salon composé d'un canapé et
quatre fauteuils en bois sculpté et doré, dessins à
rubans enroulés et bouquets de roses, couverts de
tapisseries d'Aubusson offrant au dossier du canapé
une scène champêtre à trois personnages ; sur les
dossiers des fauteuils des groupes de deux figures :
bergers, bergères devisant galamment dans de riants
paysages fleuris ; sur les sièges, dessins de chasse et
des allégories aux fables de La Fontaine, encadrements à gerbes de fleurs enrubannées, contre-fond
vert-pâle : compositions inspirées des cartons de
HUET et DESPORTES. Style Louis XVI.

96 — Guéridon en acajou orné de bronzes. Style
Louis XVI.

97 — Deux Supports en bois de fer sculpté, dessus en
marbre. Travail chinois.

98 — Deux Supports en laque de Pékin, décor en relief.

99 — Ameublement de salon en bois sculpté et laqué, blanc foncé de canne, composé d'un canapé, deux bergères, deux fauteuils et deux chaises. Style Louis XVI.

100 — Grand Canapé en bois laqué blanc, sculpté et doré, couvert en brocatelle de soie gris-perle, dessin à fleurs et ramages.

101 — Petit Canapé en noyer sculpté, style Louis XV, et foncé de canne.

102 — Grand Meuble de vestibule formé de deux stalles avec porte-manteaux d'aspect monumental en bois sculpté, décoré de motifs raphaëlesques, avec montants à cariatides et accotoires à têtes de lions. Style Renaissance.

103 — Quatre Escabeaux en noyer sculpté à cariatides et ornements avec pontons à jours. Style Renaissance.

104 — Bureau en acajou, à filets de cuivre, ouvrant à cinq tiroirs ; pieds cannelés. Style Louis XVI.

105 — Banquette en bois sculpté doré, de style Louis XV, formant bidet avec cuvette en argent de la Maison KELLER. Coussin en dentelle.

106 — Fauteuil Louis XIII garni en ancienne tapisserie au point.

107 — Petite Table en noyer et marqueterie de bois de couleur. Époque Louis XVI.

108 — Meuble de salon en citronnier et marqueterie de bois. Style Anglais.

109 — Bureau de forme cintrée en acajou verni, avec bandes et filets en citronnier, garnitures de bronze doré, dessus en maroquin vert. Style Anglais.

110 — Bibliothèque en citronnier et marqueterie de bois, ouvrant à deux portes à glaces. Style Anglais.

111 — Cheminée en bois sculpté Louis XIII.

112 — Table en chêne sculpté Louis XVI, sur quatre pieds cannelés, dessus de marbre blanc.

113 — Deux Chaises en noyer finement sculpté, style XVIIe siècle, garnies en velours dit de Gênes.

TAPISSERIES, TAPIS

114 — Quatre Cantonnières en tapisserie d'Aubusson, à petits personnages et fleurs sur fond rouge.

115 — Trois paires de Rideaux en tapisserie d'Aubusson.

116 — Panneaux en tapisserie d'Aubusson, décor à bosquets fleuris sur fond blanc, contre-fond vert-bleuté.

117 — Grand Panneau décoratif peinture sur toile de Jacques STAUFFACHER, représentant scène champêtre, composition de plusieurs personnages.

118 — Grand et beau Tapis d'Aubusson en haute laine bouclée, genre savonnerie, fond blanc, décor à rosaces de fleurs et ornements.

119 — Objets omis.

www.ingramcontent.com/pod-product-compliance
Lightning Source LLC
LaVergne TN
LVHW011028180726
843502LV00007B/2792